Serveuse soumise (Interracial)

Collection de domination érotique

Erika Sanders

ERIKA SANDERS

Serveuse soumise
(Interracial)

Erika Sanders
Série
Collection de domination érotique

Synopsis

Julieta est une Afro-Mexicaine qui travaille comme femme de chambre dans un motel de classe basse dans lequel le gérant porte une robe décolletée avec des talons sans soutien-gorge et un string comme uniforme pour les employés.

Un client plus âgé séjourne au motel, M. Sánchez, qui se fait appeler le « parrain » de la jeune femme....

En arrivant au motel, Julieta se rend compte que le petit-déjeuner de M. Sánchez a été préparé à emporter dans sa chambre ...

Serveuse soumise est un roman à fort contenu érotique BDSM et, à son tour, un nouveau roman appartenant à la collection Erotic Domination, une série de romans à forte teneur en BDSM romantique et érotique.

(Tous les personnages ont 18 ans ou plus)

Remarque sur l'auteure

Erika Sanders est une écrivaine de renommée internationale, traduite dans plus de vingt langues, qui signe ses écrits les plus érotiques, loin de sa prose habituelle, de son nom de jeune fille.

Indice

SERVEUSE SOUMISE
ERIKA SANDERS

11

Julieta est arrivée au motel "Corazones Solitarios", juste à temps, pour prendre le quart du matin.

Elle était l'une des femmes de chambre du motel et l'une de ses tâches principales était de livrer le petit-déjeuner aux clients à huit heures chaque matin.

Bien sûr, elle devait aussi dépoussiérer et ranger les chambres, mais cela pouvait attendre jusqu'à midi, lorsque le reste des femmes de chambre se présenterait.

"Corazones Solitarios" était situé à cent cinquante kilomètres au nord de Mexico, juste à côté de l'autoroute nationale A9.

Il se composait d'un petit parking; une piscine de taille moyenne; un bâtiment principal, qui abritait de nombreuses installations en plus du bureau du directeur; et deux ailes de dix chambres chacune.

Chaque chambre avait une petite salle de bain, la télévision par câble et la climatisation.

Si nous devions comparer leurs prix avec ceux des hôtels et motels locaux, nous trouverions certainement une différence significative, avec "Corazones Solitarios" étant le moins cher.

Par conséquent, il avait été et était le refuge de nombreuses personnes, qui avaient peu d'argent et ne voulaient pas payer trop cher pour louer un appartement, mais voulaient passer quelques saisons à vivre dans un hôtel.

Julieta était une Latina de vingt ans d'origine afro-mexicaine.

Son père était un marin noir américain, qui passait la plupart de son temps à voyager à travers le monde, et sa mère était mexicaine et dévouée à son mari et sa fille.

Elle ne mesurait pas plus de 1,50 mètre, mais sa silhouette était assez symétrique et sinueuse.

Des cheveux noirs bouclés aux épaules encadraient son visage ovale, tandis que ses yeux exotiques inclinés étaient noirs avec les plus longs cils naturels que l'on puisse imaginer.

Son nez était fin et délicat, avec des narines larges et larges, héritées de son père, qui révélaient une nature assez insatiable, vouée aux plaisirs charnels éternels.

Deux rangées parfaites de dents blanches étincelantes ornaient sa petite bouche comme des colliers de perles, et ses lèvres pleines d'un rouge foncé imploraient, comme des sirènes homériques, d'être brutalement mordues.

Sa peau était sombre et sa silhouette mince était vraiment incroyable.

Il était doté d'une taille très fine en forme d'anneau.

Avec de forts seins lancinants et symétriques à 95 ° C, surmontés de grandes aréoles noires et de mamelons bruns succulents qui se démarquaient continuellement.

Et des hanches larges, capables de contenir des héros d'un âge épique.

Ses fesses étaient grosses, rondes et un peu potelées, elle aurait dû perdre au moins sept kilos, mais elle était ferme et tonique au maximum.

Ses cuisses étaient courbes et succulentes et ses mollets étaient galbés et assez raides.

Julieta se dirigea directement vers le vestiaire des femmes et enleva son tee-shirt et son jean.

Elle déboutonna et retira son soutien-gorge, libérant ses seins voluptueux, et retira sa culotte blanche.

Ouvrant son casier, elle a choisi un string en satin rouge, qu'elle a immédiatement enfilé, et une paire de talons hauts blancs avec sa tenue de femme de chambre - la direction était très intéressée par le sujet selon lequel toutes les femmes de chambre devraient porter des tongs, des talons grand blanc, et pas de soutien-gorge.

Julieta portait sa tenue, ajustait son tablier blanc autour de ses épaules et autour de sa taille, enfilait des talons hauts et allait directement à la cuisine.

Sur une grande table, il trouva un plateau rempli du petit-déjeuner typique d'un motel et d'un journal financier.

Un petit livre blanc indiquait sa destination: Salle A4, M. Sánchez.

Sánchez était un homme blanc aux cheveux gris de 58 ans, récemment divorcé, dont la femme l'avait expulsé de chez eux parce qu'il ne semblait jamais gagner assez d'argent pour subvenir à leurs besoins.

C'était une personne très gentille et douce, et Juliette se demandait toujours si la raison susmentionnée était la seule raison pour laquelle sa femme le quittait.

Il travaillait comme vendeur pour une compagnie d'assurance et n'était jamais en retard sur ses paiements, même si ses vêtements étaient bon marché et sa voiture était un modèle de vingt ans.

M. Sánchez mesurait quatre-vingts ans et était solidement bâti à partir des années qu'il avait passées comme ouvrier du bâtiment dans sa jeunesse.

Son visage était brûlé par le soleil et légèrement plissé, mais il était très beau.

Il était un peu gros au ventre, mais les mains et les jambes étaient assez musclées.

Julieta s'est toujours sentie désolée pour lui et n'a jamais protesté quand il a dit moqueusement "il était son parrain".

Il a vraiment adoré le son!

Julieta: "Señor Sánchez, voici Julieta. Pouvez-vous ouvrir la porte? Je vous ai apporté le petit-déjeuner."

M. Sánchez: "Attendez une minute Julieta. Je viens de sortir de la douche. Donnez-moi une minute pour mettre mon peignoir et j'ouvrirai la porte ... Entrez, chérie."

Juliette: "Merci, monsieur."

En entrant dans la pièce, Julieta a remarqué que M. Sánchez portait une robe courte qui était entrouverte et recouvrait à peine ses cuisses.

La vue de sa poitrine large et velue et de ses jambes musclées et musclées lui envoya de doux tremblements persistants le long de sa colonne vertébrale.

Elle rougit et après avoir pris une profonde inspiration, elle passa le bout de sa langue sur sa lèvre supérieure, recueillant les perles de sueur qui s'y étaient accumulées.

Julieta: "Où dois-je laisser le plateau, M. Sánchez?"

M. Sánchez: "Laissez-moi prendre le journal ... Vous pouvez y laisser le plateau ... Sur la petite table ..."

Julieta se retourna et s'approcha de la table, s'assurant de bouger ses hanches aussi rythmiquement et sexuellement que possible.

Il savait qu'il pouvait laisser le plateau là, en pliant un peu les genoux et en abaissant son corps verticalement, mais il choisit l'autre option.

D'abord, elle s'est approchée de la table, puis elle a commencé à se pencher, exposant ses fesses à M. Steven très lentement.

Le tissu de sa mini tenue commença à se soulever, découvrant pouce par pouce: d'abord le haut de ses cuisses, puis l'entrejambe avec les extrémités de ses fesses, et enfin le string rouge qui était enfoui entre ses fessiers charnus et frémissants.

Comme si cela ne suffisait pas, il resta dans cette position pendant un certain temps, déplaçant ses fesses de gauche à droite, faisant semblant d'essuyer le dessus de la table avec une serviette blanche.

M. Sánchez s'était déjà assis sur une chaise, essayant de lire son journal, lorsqu'il remarqua les mouvements malicieux de Julieta.

Sa bouche s'ouvrit et un immense sourire apparut immédiatement sur son visage.

Il fit rouler le journal et frappa très doucement les fesses de Juliette.

Juliette se tortilla un peu comme si elle était prise au dépourvu et se retourna, redressant nerveusement sa jupe.

Julieta: "Ohhh! M. Sánchez!"

M. Sanchez: "Vilaine fille! Tu ne devrais pas faire ça quand ton" parrain "est ici. Ne savez-vous pas que c'est dangereux de jouer avec le feu?"

Julieta: "Qu'est-ce que 'Parrain' a fait? Je suis une bonne fille. J'essaie toujours de me comporter."

M. Sánchez: "Vous ne devriez pas montrer vos petits fesses et surtout devant votre" parrain ". Où sont vos manières? Avez-vous oublié où vous êtes? Peut-être avez-vous besoin de recevoir une leçon. Vous avez vraiment besoin de discipline."

Juliette: "Oh non 'parrain'! S'il vous plaît ne me faites pas de mal. Je ne voulais pas vous montrer mes fesses, c'était un accident. Veuillez me pardonner 'parrain'! Ne blessez pas mes petits fesses. Non!"

M. Sánchez: "Vous avez besoin d'un bon coup! C'est ce que j'ai à dire. Vous savez, les règles de la maison sont très strictes et vous devez payer pour cela. Je ne peux pas laisser cela se reproduire. Venez ici!"

Julieta a ri et est allée vers M. Sánchez, balançant ses merveilleuses hanches comme un top model professionnel.

M. Sánchez lui a ordonné de se coucher sur ses genoux.

Juliette était allongée là, serrant ses seins volumineux, celui de gauche sur sa cuisse gauche et celui de droite sur son ventre.

Puis elle souleva ses fesses pour lui donner un meilleur accès et attendit avec impatience la prochaine tournure des événements.

M. Sanchez a retroussé sa minijupe, exposant son cul dodu d'apparence innocente, et a commencé à pétrir et masser les orbes palpitants comme un boulanger qualifié.

Il ne pouvait s'empêcher de presser et de presser la chair lisse et sombre comme un maniaque, et il aimait particulièrement la façon dont elle dépassait entre ses phalanges, quand il la «écrasait» délibérément, utilisant ses doigts comme des pinces.

En plus de cela, elle aimait vraiment séparer ses montagnes charnues de son cul autant qu'elle le pouvait, forçant la corde de satin à disparaître dans ses trous, alors qu'elle inspirait profondément.

En même temps, la forte odeur de sueur se mêlait aux sucs sexuels que son corps diffusait largement partout.

Après avoir rempli le cul dodu de Julieta de nombreuses marques rouges (on ne les distinguait pas facilement sur sa peau foncée) de ses empreintes digitales, M. Sánchez prit le journal enroulé dans sa main droite et lui donna immédiatement un léger coup.

Juliette se tortilla et laissa échapper un long gémissement, spécialement conçu pour faire fondre le plus grand iceberg du monde en une fraction de seconde.

M. Sánchez n'avait plus besoin d'écouter.

Il commença à lui frapper les fesses presque nues avec le journal roulé, comme s'il était frénétique, lui infligeant coup après coup avec une précision incroyable, mais en veillant à ne pas trop lui faire de mal.

Avec tout son corps en l'air, soutenu uniquement par les cuisses de M. Sánchez, Julieta `` gémissait " et `` donnait des coups de pied " comme une petite fille, tandis qu'elle continuait à lever et à abaisser ses mollets, l'un après l'autre, comme une star de cinéma porno. .

Juliette: "Aouchhh! Parrain! Tu es si mauvais! Mes fesses sont en feu! ... Aïe! Arrête de me faire mal aux fesses! S'il te plaît parrain ... Je ferai ce que tu veux ... "

M. Sánchez: "Votre gros cul a besoin d'une punition sévère, petit. Je vous ai dit à plusieurs reprises de ne pas m'exposer vos fesses à peine vêtues. Ne savez-vous pas que je suis excité? Que dirait votre mère si elle était là? Êtes-vous ici? vous essayez de séduire votre ancien parrain? Quelle putain vous êtes! "

Juliette: "Mmmmm ... Aïe ... Parrain! Comment pourrais-je séduire mon vieux parrain? Je ne suis que la fille de mon parrain ... J'ai remarqué la façon dont tu regardes mes fesses à chaque fois que je me penche. .. Je voulais juste te donner une vue parfaite de mon petit cul... Je l'ai fait juste pour toi, parrain... "

M. Sánchez: "J'essayais de lire mon journal ... C'était la seule chose que j'avais en tête, jusqu'à votre arrivée ... Vous m'avez distrait ..."

Juliette: "Oh parrain! Je ne voulais pas ... Mais ... je sens quelque chose dans mon ventre ... Quelque chose monte sous mon ventre ... une grosse bosse qui essaie de percer mon nombril ... Quoi est ce parrain?

M. Sánchez: "Vous l'avez fait! Félicitations! J'ai complètement perdu la maîtrise de moi. Comment vais-je lire mon journal maintenant? Bon sang ..."

Juliette: "Oh, ne t'inquiète pas, parrain. Si tu veux je peux m'occuper de ton" petit problème ". Laisse-moi réparer tout ce que je t'ai causé. Je sais très bien que ton" truc "gonflé te donne du fil à retordre. Je pourrais le réparer sur place ... S'il vous plaît, parrain, laissez-moi essayer ... "

M. Sánchez: "Ummm ... Très bien ... mais ne le dis pas à ta mère! Promis!"
Juliette: "Je ne veux pas ... je te promets ..."

Julieta se leva et prit joyeusement position entre les cuisses écartées de M. Sánchez.
Il se mit à genoux et se blottit docilement entre ses pieds poilus.

M. Sánchez portait ses lunettes myopes et les prit paresseusement et ouvrit son journal.

Julieta dénoua la ceinture et sépara complètement sa robe, exposant sa bite dure comme le roc et ses testicules ratatinés.

Son membre mesurait environ seize centimètres de long, cinq de large et circoncis.

La tête était de couleur rose foncé et assez large pour ressembler au sommet d'une sorte de champignon vénéneux.

Le membre l'avait légèrement incliné vers la gauche, tandis que de nombreuses stries mauves étaient dispersées sur sa longueur.

La grosse veine sous sa queue était extrêmement grasse et enflée et la pensée de la quantité de sperme qu'elle pouvait transporter fit que Juliette se mordit la lèvre inférieure par anticipation.

Julieta embrassa doucement la grosse tête de sa queue, et comme elle devait montrer un peu de respect à son vieux «parrain», elle posa ses mains sur ses mollets.

Elle glissa juste sa tête entre ses lèvres serrées et commença à faire courir ses mains le long de ses mollets.

Sa petite langue commença à dessiner des cercles autour du trou rose alors que ses longs ongles rouges griffaient lentement la peau de ses mollets.

Le jeu incessant de la langue de Julieta dans son trou sensible était le plus doux tourment que M. Sánchez ait jamais connu: sa femme toucha à peine son organe rigide, et encore moins le mit dans sa bouche.

Ce n'est qu'en se poussant à bout qu'il parvient à étouffer l'envie irrésistible de pousser sa queue profondément dans sa bouche, d'un seul mouvement saccadé, remplissant complètement sa gorge et l'étouffant jusqu'à ce qu'elle s'étrangle.

Juliette suçait et mordillait la tête comme si elle savourait une délicieuse glace, tout en secouant simultanément la peau du membre de haut en bas avec sa main droite et en caressant sa cuisse droite avec l'autre.

M. Sánchez ne put s'en empêcher et se mit à gémir, se demandant combien de temps cela allait durer.

Il voulait que cela dure pour toujours, alors il a essayé de se concentrer sur la lecture de la page boursière, ne voulant pas tirer sa charge trop tôt.

C'était un effort dur et laborieux, car Juliette avait commencé à secouer la tête agressivement, tournant la tête à gauche et à droite et avalant de plus en plus la longueur de sa queue.

Soudain, elle laissa sa queue sortir complètement de sa bouche avec un son «PLOP» et descendit jusqu'à ses testicules.

Sa main droite frappa son organe sur son ventre et sa langue commença à courir le long et autour des boules poilues.

M. Sánchez s'est félicité de cette petite pause car il était sur le point de déchirer son journal et de remplir sa bouche chaude de son précieux liquide collant sans avertissement.

Juliet était dans son propre monde en train de lécher et de sucer ces grosses boules poilues et cela ne la dérangeait pas d'avaler aussi de vieux cheveux gris.

Il mettait avec empressement balle après balle dans sa bouche, aspirant autant qu'il pouvait comme un aspirateur; Il voulait tellement dévorer ces "œufs" mous qu'il s'en fichait si l'un d'entre eux restait coincé dans sa gorge.

Après avoir enduit ces orbes ridés avec sa salive, elle plaça sa langue à la base de sa bite et lécha son chemin jusqu'à sa tête.

Lorsqu'il atteignit le sommet, il avala immédiatement sa tête et commença à faire lentement glisser ses lèvres, essayant de tout ranger dans sa bouche, si possible.

Les premiers centimètres étaient faciles à manipuler, mais la tâche est devenue plus difficile.

Il ouvrit grand la bouche puis, lentement mais sûrement, commença à la pousser, serrant les centimètres supplémentaires à l'intérieur de sa gorge lisse.

Il semblait que des heures s'étaient écoulées lorsque ses lèvres atteignirent la base de sa bite, mais ce ne fut en réalité que quelques minutes.

Elle s'étrangla bruyamment et rejeta la tête en arrière, laissant la bite brillante de M. Sanchez se balancer de gauche à droite comme un pendule marbré.

Juliette prit une profonde inspiration et attrapa immédiatement sa bite et la repoussa dans sa bouche comme une tigresse affamée.

Elle secoua la tête à la hâte au-dessus de lui plusieurs fois, puis, secouant constamment la tête à gauche et à droite, il réussit à se plonger à nouveau en elle.

Quand il sentit ses narines se remplir de poils pubiens, il sut qu'il l'avait fait.

Elle a célébré sa victoire en tournant ses lèvres serrées autour de la base de la bite de M. Sanchez pendant un certain temps, jusqu'à ce qu'elle halete.

M. Sánchez n'a pas osé quitter le papier des yeux et voir ce que Julieta lui faisait, car s'il la voyait le baiser avec sa bouche, il exploserait sûrement dans une gigantesque vague de sperme, capable de démolir tout le motel, la ville la plus proche. et seul Dieu savait quoi d'autre.

Sans avoir aucune idée de la situation de M. Sánchez, Julieta a repris ses «devoirs» sans plus tarder.

Elle avait bercé ses couilles avec sa main gauche et nourrissait toujours sa bouche réceptive avec la bite glissante de M. Sánchez, s'assurant de frotter également sa tête sur le toit de la bouche.

M. Sánchez a commencé à se sentir mal à l'aise et Julieta l'a immédiatement ressenti.

Il pensait que M. Sánchez n'aimait pas particulièrement ce type de traitement, bien que de nombreux hommes en mourraient, il a donc décidé de se frotter la tête dans un endroit beaucoup plus doux sur sa bouche.

Obéissant, il pencha la tête vers la gauche et guida l'organe raide dans sa joue droite.

La tête volumineuse de la queue de M. Sanchez a immédiatement déformé sa joue droite à un degré incroyable.

Julieta était extrêmement heureuse quand elle l'entendit gémir comme un animal blessé et continua à baiser avec sa joue douce bougeant sa tête inclinée de haut en bas très rapidement.

M. Sánchez: "Maudit fille! Vous allez me faire une crise cardiaque ... Je veux venir! MAINTENANT! Arrêtez ce que vous faites et laissez-moi courir ... Je veux venir même si c'est le moment . La dernière chose que je ferai ... Enlevez votre bouche insatiable ... FAITES-LE MAINTENANT!"

Julieta: "OH, SEÑOR SÁNCHEZ! J'ai bien peur de ne pas pouvoir te laisser faire ça. Après tous les efforts que j'ai faits jusqu'à présent, je pense que je mérite plus que ça. Je n'ai pas encore 'mangé' ton trésor!"

M. Sánchez: "Êtes-vous fou? De quoi parlez-vous? Arrêtez de chuchoter et lâchez-moi. Que pensez-vous que vous avez fait tout ce temps? Vous me mangez vivant! Maintenant, partez, je veux partir. Quelque chose de mauvais m'arrivera si je n'expulse pas ma semence maintenant! "

Juliette: "PAS CHER! Tu ne sais pas ce que j'ai en réserve pour toi. Quand j'ai dit que je n'avais pas 'mangé' ta bite, je le pensais! Littéralement! Gardez à l'esprit que je n'ai pas pris de petit-déjeuner donc j'ai faim. Alors donne-moi une seconde et vous verrez ce que je veux dire ..."

M. Sánchez: "Doux Jésus! Que va-t-il m'arriver? Que fait cette petite fille folle? Je n'ose pas penser ..."

Julieta se dirigea vers la table où elle avait laissé le plateau et prit deux tranches de pain.

Il s'agenouilla devant M. Sánchez et plaça son sexe entre les tranches.

M. Sánchez ne pouvait pas croire ce qu'il voyait.

Cette petite salope allait en fait dévorer son infortuné membre!

Il a essayé de protester, mais il était trop tard pour cela.

Juliette avait déjà emprisonné sa bite entre les tranches et était prête à essayer son délicieux «sandwich».

Il a sucé le bout de sa queue pour le faire se détendre puis a pris une grosse bouchée de son sandwich, sans endommager la chair palpitante de M. Sánchez.

Elle déglutit puis suça à nouveau la grosse tête avant de prendre une autre bouchée.

M. Sánchez secoua involontairement le dos et enfouit une plus grande partie de sa bite dans sa bouche.

Elle l'a sucé au fond de sa gorge avec de la chapelure que M. Sánchez a senti chatouiller sa peau sensible.

Julieta le laissa sortir de sa bouche et commença à grignoter et à sucer la croûte molle des tranches qui couvraient encore la tête, les décomposant complètement.

M. Sánchez gémit bruyamment et se précipita en avant comme s'il essayait d'atteindre le plafond de la pièce avec juste le bout de sa bite.

Son sexe se mit à tirer partout comme une mitrailleuse de calibre cinquante, puisant dans ses dernières réserves de sperme qui n'avaient pas été utilisées depuis des années.

Juliet attrapa le marteau-pompe et le guida vers son visage.

Il était conscient du danger de jouer avec une arme chargée incontrôlable; après tout, elle avait travaillé très dur pour ses «munitions».

Un gros jet de ce «pistolet obsolète» l'a frappée dans l'œil gauche, un autre est sorti de l'arête de son nez et un troisième a été perdu derrière sa tête.

Julieta a pensé qu'il n'était pas sage de gaspiller des `` munitions " aussi précieuses que cela et l'a immédiatement pointée sur sa gorge, secouant le membre très rapidement et plaçant ses longs ongles sur ses testicules.

M. Sánchez a tiré quelques autres coups de feu directement dans sa gorge, puis s'est effondré sur sa chaise, totalement épuisé.

Juliette a tout avalé, puis, avec un plaisir évident, elle a pris sa douce bite et l'a doucement frottée sur son front, ses yeux, son nez, ses joues et son menton, alors que le liquide séminal coulait encore.

Ensuite, il a pris les restes des tranches de pain et les a utilisés pour essuyer le sperme de son visage.

Elle les a également utilisées pour nettoyer et sécher la bite de M. Sánchez.

Juliette pouvait maintenant prendre son petit déjeuner durement gagné!

Elle a mangé les tranches avec un plaisir extrême et s'est léché les doigts comme un chaton heureux.

Soudain, elle vit des miettes de pain coincées entre les poils pubiens de M. Sánchez ...

Eh bien quel diable! Il y a toujours un deuxième tour!

FIN

27

Susan halète de plaisir et ses mains saisissent sa tête pour le rapprocher.

Il a continué à lécher et à embrasser son ventre, en descendant de temps en temps jusqu'à sa chatte, toujours couverte par sa culotte, pour souffler de l'air chaud sur elle.

Il saisit ses sous-vêtements avec ses dents, les tirant vers le bas d'un mouvement rapide.

Il les jette sur la table et renifle leur pubis.

Susan commence à gémir et à respirer fortement.

Enterrant son visage dans sa chatte humide, il lève la main pour retirer son soutien-gorge.

Les seins pointus de Susan débordent sur ses mains douces.

Il lécha doucement une nouvelle fois la fente de Susan avant de s'approcher du réfrigérateur.

L'ouvrant, il sortit un bol de fraises. Il en prit deux, en plaçant un sur le ventre de Susan et l'autre entre ses seins.

Il lécha la fraise sur son nombril, la mangeant plus tard.

Il a continué à lécher son corps de bas en haut et est finalement passé à la fraise suivante.

Léchant le décolleté de Susan, il déplace la fraise de haut en bas entre ses seins.

Susan gémit à la sensation inhabituelle.

Il continue de déplacer la fraise de plus en plus bas sur le corps de Susan, jusqu'à ce qu'il atteigne sa chatte en poussant la fraise avec sa langue.

Susan haleta et il put voir sa chatte se contracter avec la fraise couverte de son jus.

Il poussa la fraise plus profondément dans sa chatte.

Il la couvrit de sa bouche, suçant doucement jusqu'à ce que la fraise soit de retour dans sa bouche; maintenant couvert de jus de la chatte de Susan.

Sirotant la fraise, elle en mangea et bougea pour retourner Susan sur son ventre.

Avec ses fesses en l'air, elle l'a caressé.

Il a giflé doucement Susan sur le cul, avant de plonger dans ses fesses et de la lécher, laissant des ventouses partout sur ses fesses.

A proximité se trouvait un pot de miel, il tendit la main et le frotta sur les lèvres de Susan.

Puis il enfonça sa langue au plus profond d'elle, faisant gémir Susan.

Il suça sa langue profondément dans sa chatte.

Gémissant bruyamment, Susan a déclaré:

"Va me faire foutre maintenant."

Il ôta son jean, sa bite sur le point d'exploser.

Désormais nue, sa queue ressort grande et forte.

Il attrapa Susan, passant ses mains sur l'intérieur de ses cuisses en plaçant son sexe juste à l'intérieur de son entrée.

Il se frotta la tête contre son humidité; Doucement, il écarta les lèvres et fit doucement glisser la tête de son membre.

Un gémissement s'échappa des lèvres de Susan lorsqu'elle sentit la pointe de son membre entrer en elle.

Susan gémit plus fort alors qu'elle glissait le reste de son énorme bite dure dans sa chatte.

Alors que tout le monde la remplissait, elle serra les murs de sa chatte, lui faisant maintenant gémir.

Il a commencé à pomper sa bite dans et hors de la chatte de Susan, conduisant de plus en plus à chaque coup.

Il a continué à lui pilonner la chatte, faisant gémir Susan de plus en plus fort.

Saisissant ses cuisses, il frappa plus fort que jamais, grognant en envahissant le corps de Susan avec son énorme bite.

Susan a crié:

"C'est si bon bébé, baise-moi plus fort."

Il a martelé sa bite plus fort dans la chatte de Susan, sentant l'accumulation de sperme à la base de sa bite.

Ses couilles frappant les fesses de Susan avec le mouvement de lui.

Susan laissa échapper un long gémissement et commença à avoir un orgasme sauvage, sa chatte serrant sa bite, alors il commença aussi à avoir un orgasme.

Le sperme jaillit de sa bite, la première giclée pénétrant la chatte de Susan.

Mais il se retira, laissant le reste pulvériser son corps.

Juste au moment où son orgasme commençait à se calmer, il enfonça ses doigts dans sa chatte en les pompant rapidement, envoyant à nouveau Susan à l'orgasme.

Gémissant et se déplaçant à travers la table, Susan le tira sur elle et l'embrassa profondément.

Sa sueur et son sperme se mélangèrent entre les deux corps.

Après les avoir relaxés, il a dit:

"C'est agréable d'être reçu comme ça".

FIN

35

TRAHI
ERIKA SANDERS

37

Chapitre I

Becky entendit le son de la clé dans la serrure.

Il descendit les escaliers, alluma la lumière du couloir et ouvrit la porte.

Jack était là sous la pluie, le capuchon au-dessus de sa tête, la clé s'arrêtant dans sa main alors que ses yeux sombres la fixaient.

"Oh mon Dieu, tu es venu," dit joyeusement Becky.

Elle sauta en avant et enroula ses bras autour de ses épaules, le serrant dans ses bras, sentant la pluie qui recouvrait son manteau s'infiltrer dans le haut de ses vêtements moulants.

Elle s'en fichait.

Son homme était là et c'était tout ce qui comptait.

Elle libéra Jack d'une étreinte effusive et posa ses mains trempées sur son visage.

Son expression sérieuse n'avait pas changé.

"Qu'est-ce qui ne va pas?", Dit-elle.

"Nous devons parler."

Becky sentit son estomac trembler, mais elle s'écarta pour laisser entrer Jack et retirer ses bottes mouillées.

Elle entra dans le salon, se frottant nerveusement les bras en attendant que Jack lui annonce la mauvaise nouvelle, quelle qu'elle soit.

Ensuite, il entra dans le salon, toujours avec une expression sérieuse sur son visage décharné.

"Donnez-nous un verre s'il vous plaît," dit-il.

Becky se dirigea vers le chariot à alcool et servit deux brandies.

Sa main trembla alors qu'il tendait l'un des verres et but le sien rapidement.

Jack s'approcha de la chaise dans ses chaussettes plutôt humides.

L'image qu'il donnait comme ça était un peu drôle.

Elle aurait ri s'il n'y avait pas eu le moment de tension.

Il s'assit sur le bord du siège, pas accommodant, ne retirant pas son manteau alors qu'il se préparait à annoncer la mauvaise nouvelle.

Il prit une grosse gorgée de cognac avant de parler.

"Elle sait tout sur nous," dit-il après avoir pris l'alcool avec un dernier soupir.

Becky sentit ses genoux s'affaiblir, son cœur s'emballer.

Un autre verre de cognac a été versé.

Il se dirigea vers le canapé en face de Jack et s'assit.

"Comment?" Dit-il après une autre gorgée du liquide chaud.

"J'ai dit."

Becky fronça les sourcils.

"Tu lui as dit? Pourquoi diable?

"Je n'en pouvais plus."

Becky s'est levée.

Dites-moi que vous vous moquez de moi, Jack.

Il secoua la tête pour le nier.

«Pourquoi diriez-vous à votre femme que vous la trompez?

Jack leva les yeux de ses sourcils broussailleux qui le faisaient ressembler à un chiot espiègle.

"Je ne pouvais pas la voir indifférente et calme alors qu'elle continuait à cacher notre sale secret."

«Notre sale secret, c'est tout pour lui? Pensa Becky.

"Eh bien, qu'est-ce qu'elle a dit?" Dit Becky, prétendant qu'elle n'avait pas entendu le dernier commentaire alors qu'elle marchait d'un côté à l'autre de la pièce.

"Elle est prête à nous donner une autre chance. Si ça s'arrête."

Becky s'arrêta de marcher et regarda le visage de Jack.

«Nous? Voulez-vous dire que vous et elle êtes ensemble après lui avoir dit?

Jack acquiesça.

«Vas-tu juste me laisser comme ça? Pourquoi dit-elle cela?

"Elle est mon épouse."

«Et qu'étais-je?

«Tu sais ce que c'était. Je t'ai dit que je ne quitterais jamais ma femme. C'était toujours des relations sexuelles entre toi et moi.

«Vous savez ce que c'était. Passé. C'était déjà fini dans son esprit. Comment aurait-il pu me faire ça? '

Malgré le fait qu'il avait dit qu'il n'allait jamais quitter Mary, Becky pensait que cela pourrait le convaincre qu'elle était vraiment la femme dont il avait besoin.

Et ce n'est pas comme ça?

Cela ne semblait pas.

Jack avait fini son verre et s'était levé pour partir.

Becky s'approcha de lui.

"C'est tout, alors?" Dit-elle en le regardant avec colère. «Voudriez-vous le laisser tomber comme ça et partir?

Jack soupira alors qu'il la tirait pour se diriger vers le couloir.

«Becky, j'ai des enfants», dit-il, exaspéré maintenant.

Oh non, il n'allait pas s'en sortir facilement.

Avant tout c'était des compliments et des messages moqueurs et érotiques, avec de nombreux baisers à la fin pour me ravir.

C'est ce que chacun fait, pour obtenir ce qu'il veut.

Puis, quand ils en ont assez, ils se mettent sur la défensive et essaient de se débarrasser de vous.

Le vrai visage de Jack était maintenant montré.

Elle n'avait été qu'un morceau de viande pour lui, une baise facile.

Écume.

Une pute.

C'était la façon dont les hommes l'avaient toujours traitée. Jack n'allait pas être différent.

"Et alors? Beaucoup de gens divorcent aujourd'hui. Les enfants s'en remettent. Ils ont toujours leurs deux parents," dit-elle froidement.

"Ce sont des enfants, Becky," claqua Jack. "Ils ont besoin d'une famille. Sécurité. Un père qui est toujours là. Pas un qui se présente plusieurs fois par semaine."

Et moi? pensa-t-elle un peu égoïstement.

La femme qui ne peut pas avoir d'enfants.

La femme qui sera toujours et toujours stérile en permanence, incapable de donner une famille à un homme.

Le phénomène.

Le rare.

Celui qui n'est bon que pour s'amuser, pour baiser.

Qui l'aimerait vraiment?

«J'irai chez vous», menaça-t-il. «Je vais lui dire ce que nous avons fait. Comment tu m'as emmené dans les bois dans ta voiture et tu m'as baisé sur la banquette arrière. Où ses enfants sont assis tous les jours pendant le voyage à l'école. Comment tu m'as emmené dans le même restaurant où tu lui avais proposé Voyez si elle change d'avis alors. "

Jack se retourna à l'entrée, ses doigts quittant la capuche qu'il s'apprêtait à soulever au-dessus de sa tête.

"Tu ne le feras pas".

"Regarde moi."

Becky a vu, pour la première fois, un regard dans les yeux de Jack qu'elle avait vu chez de nombreux hommes auparavant.

Dégoûter.

Ce qu'ils avaient eu entre eux, quoi que ce fût pour lui, avait disparu.

Elle savait qu'elle ne récupérerait jamais ça.

Sa lèvre supérieure se recourbait alors qu'elle passait la capuche au-dessus de sa tête et se penchait pour attraper ses bottes.

Becky sentit la chaleur disparaître de sa chair, la sensation froide d'être laissée pour compte revenir.

Abandon.

Elle l'avait ressenti trop de fois auparavant.

«Vous ne pouvez pas simplement me quitter, Jack,» plaida-t-elle, sentant le flot familier de larmes jaillir de ses yeux.

"C'est fini," dit-il brusquement, sa voix enroulée de colère.

«Ne me fais pas ça, Jack. S'il te plaît!

Il noua le lacet de sa botte et se redressa, la regardant sous l'abri de sa capuche.

"Ne t'approche plus de moi ou de ma famille. Si tu le fais, j'appelle la police."

Il leva la main et laissa tomber sa clé sur le sol.

La clé qu'elle lui avait donnée dans l'espoir qu'il verrait cela comme sa véritable maison, où il finirait par venir vivre en permanence.

C'était le dernier coup dans son cœur.

Il tira sur la porte et fit un pas rapide dans le jardin.

Becky se tenait sur le paillasson, ses joues scintillantes de larmes dans la lumière vive du salon, regardant sa grande silhouette traverser la pluie.

Loin d'elle.

De retour dans sa famille.

Hors de sa vie pour toujours.

Chapitre II

Becky regarda à l'intérieur de son verre et sentit sa tête tourner.

Le whisky laissa un goût amer et amer sur sa langue.

Les doigts tremblants sur le verre, elle le ramassa et le jeta sur le mur de la cheminée.

Il est entré en collision avec le miroir, faisant exploser des éclats de verre puis tombant en cascade sur le sol et la moquette épaisse.

Elle sauta du canapé et se dirigea vers le téléphone.

Les larmes lui montèrent aux yeux lorsqu'elle attrapa l'écouteur, mais elle dit qu'elle n'allait plus pleurer.

Elle se mordit la lèvre, composant le numéro avec détermination.

Après quelques instants, une voix masculine aiguë répondit.

"Salut?"

«Harry, c'est Becky,» dit-il, étouffant son ivresse avec un soupir.

"Becky? Jésus, pourquoi appelez-vous maintenant? Il est deux heures du matin."

"Désolé. J'ai juste ... j'ai besoin d'être avec quelqu'un."

"Quoi? Maintenant?"

"Oui."

Il entendit un bruissement à l'autre bout de la ligne, le bruissement de sa gorge sèche à cause des cigarettes d'Harry alors qu'il se déplaçait autour du lit.

«Tu me réveilles vraiment pour une baise au milieu de la matinée?

Becky sentit un nœud dans son estomac à ses mots.

Et si elle n'avait vraiment pas besoin de quelqu'un pour se satisfaire?

Cependant, cela ne dérangeait pas Harry.

C'était juste un homme typique avec une seule chose en tête.

Elle a arrêté la tentation d'exploser.

"Pourquoi pas? C'est un moment aussi agréable qu'un autre," dit-elle, un peu agitée.

"Je dois être réveillé à six heures."

"Et alors? Tu peux dormir demain soir. Et au moins tu iras travailler satisfait au lieu de bâiller."

"Je suis dévasté en ce moment. La seule façon de ne pas bâiller au travail est de dormir quelques heures de plus et non de faire de l'exercice."

Becky pinça ses lèvres de frustration et attrapa ses cigarettes qui étaient placées à côté du téléphone.

Il en alluma un et prit une longue et profonde succion, puis frotta son pouce contre sa tempe en libérant l'épaisse fumée.

«Je ferai ce que tu veux», dit-il, et la nicotine lui a donné assez de force pour essayer de le séduire.

"Le quoi?" Dit Harry.

«Je vais te mettre la langue dans le cul. Je te mangerai comme un homme mange une femme.

Il y eut une pause et il pouvait sentir Harry penser à l'autre bout.

Peu de femmes étaient disposées à manger le cul d'un homme et Harry avait un anus particulièrement sensible, sa langue avait la capacité de faire plier et crier tout son corps en même temps.

Cependant, il semblait qu'il était vraiment fatigué ce soir. Même cela ne suffisait pas pour le tenter.

«Oh Becky. Tu n'aurais pas pu appeler un meilleur moment?

«Je vais mettre ma laisse. Je vais te donner une longue baise hard. C'est ce que tu veux, Harry? Une. Longue. Dur. Baisée.

Harry avait l'air nerveux et agité quand il répondit.

Becky savait que sa bite était dure comme une pierre sous les couvertures devant son courage explicite et sale.

Mais peu importe ce avec quoi elle essayait de le tenter, il semblait qu'il n'allait pas bouger.

"Désolé, Becky. Je vais devoir passer. Et vendredi soir?"

Becky a vu le cendrier sur la table basse et a écrasé sa cigarette.

«Tu es comme tous les hommes, n'est-ce pas? Tu penses que je vais courir quand tu dis. Eh bien, tu sais quoi, Harry? Tu peux te foutre en l'air. C'était ta dernière chance et tu viens de tout foutre en l'air.

«Quoi... Becky?

«Bye Harry. Dors profondément si tu peux. Merde!

Il a claqué le téléphone sur le récepteur.

Becky s'assit sur le lit pendant un moment, son cœur battant la chamade, son sang bouillant, un million de pensées différentes se disputant la priorité dans sa tête.

Comment ont-ils pu lui faire ça?

Encore et encore.

Et pourquoi a-t-elle continué à les laisser faire?

Tomber dans le même vieux piège encore et encore.

Elle savait ce que les psychiatres diraient.

Vous ne vous valorisez pas assez.

Comment peut-elle s'attendre à recevoir du respect alors qu'elle ne se respecte même pas?

Eh bien, c'est facile à dire pour eux.

Ils veulent savoir ce que c'est que de se sentir comme une pute qui laisse les hommes utiliser son corps comme si c'était un chiffon sale.

Une mère qui allait baiser avec ses petits amis et qui laissait sa fille seule à la maison, froide et affamée sans personne qui la voulait.

Une femme qui l'a convaincue pendant des années que son père ne l'aimait pas.

Qu'il les avait abandonnés à cause de lui.

Quand la vérité était, il était intimidé par la soumission à laquelle il était soumis et trop terrifié pour retourner à son règne de terreur.

Becky enfouit son visage dans ses mains et laissa des larmes inonder ses paumes.

Tu m'as quitté, papa.

Comment as-tu pu me laisser avec cette chienne psychopathe?

Elle s'assit et se força à arrêter les larmes.

La tristesse s'est transformée en colère comme le basculement d'un interrupteur.

Son père était un putain de lâche.

Comme tous les hommes.

Ils marchaient contrôlés par les balles qui se balançaient entre leurs jambes, mais ils n'avaient pas le courage de les utiliser.

Seule une femme pouvait le faire.

La douleur était trop forte.

Becky avait besoin de sexe.

C'était la seule chose qui la calmerait.

Le sexe soulagerait la douleur en elle.

Douleur de ne pas être aimée et d'être rejetée, ce qui la faisait se sentir comme une salope sale et jetable.

Pendant quelques brefs instants, un baiser passionné, une envie lubrique de l'amener à l'orgasme, et elle se sentirait guérie.

Tout va bien à nouveau.

Aimé.

Le seul problème était que c'était devenu une dépendance.

Et une fois que tout était fini, après que les hommes soient partis et soient revenus avec leurs femmes ou la femme suivante disposée à écarter les jambes, cet endroit sombre revenait.

Jusqu'à la prochaine solution.

Becky n'en pouvait plus.

Assez c'était assez.

Cette fois, quelqu'un allait payer.

Chapitre III

La vengeance est douce.

Ou c'est ce qu'ils disent.

Becky réfléchit à cela en brossant ses longs cheveux noirs dans le miroir de la commode.

Elle était nue, à part une culotte noire ornée d'un petit nœud rouge.

Ses seins de quarante-trois ans étaient aussi fermes que ceux d'une femme de dix ans sa cadette.

C'était l'un des aspects positifs de ne pas pouvoir avoir d'enfants.

Il a conservé sa silhouette et ses splendides charmes plus longtemps.

Alors que les poils de la brosse glissaient dans ses cheveux, elle éprouva un calme qu'elle n'avait pas ressenti depuis des années.

Quelque chose se générait enfin en elle.

Vous ne serez plus une victime.

Elle se débattait.

Elle allait être une guerrière.

Elle a sélectionné un bâton de rouge à lèvres rouge foncé de son maquillage et l'a soigneusement appliqué sur ses lèvres, ajoutant un peu de plénitude donnant un millimètre supplémentaire sur le pourtour.

La couleur complétait ses cheveux foncés et sa peau olive, lui donnant un look légèrement méditerranéen qui n'aurait pas pu être plus éloigné de son héritage britannique.

Elle devait admettre qu'elle avait l'air bien.

Elle avait peut-être une voix un peu rude pour tant de cigarettes et une putain d'enfance, sans parler de boire, mais elle savait comment se présenter pour avoir des relations sexuelles.

Elle avait appris cette compétence de sa mère, et quand elle a réalisé à quel point les filles du Nord étaient coriaces, elle avait également appris à l'utiliser à son avantage.

Les filles sexy avaient du pouvoir.

Ils pouvaient contrôler les hommes avec leur corps, leur odeur et un regard provocateur.

Lorsque Becky y réfléchit, elle réalisa que c'était ce qui lui avait permis de survivre pendant tant d'années.

Il se leva et se dirigea vers le grand miroir.

Inclinant sa tête sur le côté, elle prit ses seins en coupe.

Il fit la moue avec ses lèvres fraîchement peintes.

Oui, ça avait l'air assez bon pour manger quelque chose d'appétissant.

Et pour te manger aussi, pensa-t-elle avec un rire sensuel.

Sur le lit se trouvait une robe rouge.

Court.

Très provocateur.

Décolleté bas pour montrer ses seins.

Elle a glissé ses pieds nus en lui et l'a tiré le long de son corps.

Se regardant dans le miroir, elle se retourna et le boutonna.

Il admirait le tissu soyeux, froissé au niveau des hanches, accentuant sa forme typique de sablier.

À côté de la porte, il y avait une rangée de chaussures à talons hauts.

Becky s'approcha et glissa ses pieds dans une paire rouge.

La couleur de ce soir était écarlate.

Rouge pour le sang et le meurtre.

Chapitre IV

Le chauffeur de taxi s'est arrêté devant le club.

Becky a remarqué qu'il y avait deux gorilles près des portes.

Il paya le chauffeur de taxi et sortit dans la rue éclairée par le réverbère, l'air doux touchant ses épaules nues alors que la musique du club résonnait sous ses pieds.

Elle ferma la porte du taxi et se dirigea vers l'entrée, plaçant la bandoulière de son petit sac rouge sur son épaule.

Meeting Place était un club de gentlemen moderne apparu dans la ville il y a quelques années.

Des hommes de tous âges s'y rendaient dans leurs dernières tenues, trempées dans des flacons de lotion après-rasage, essayant d'attirer les filles du Nord qui venaient à son parfum comme des chiennes en chaleur.

Becky ne faisait pas exception.

Mais ce soir, elle avait son esprit tourné vers un homme en particulier.

L'endroit était une ruche d'activité, occupé pour une nuit en milieu de semaine.

Un chanteur se produisait sur scène d'un côté de la salle et le bar de l'autre était plein de gars plus âgés penchés sur des verres à bière.

Des hommes et des femmes étaient assis dans un grand espace plein de tables au centre de la salle, bavardant et regardant vers la scène.

Becky est allée au bar et a appelé un beau jeune barman avec une coupe de cheveux en bec de veuve.

"Est-ce que Ricky est ici ce soir?" Demanda-t-elle.

Le serveur hocha la tête. "Derrière."

Becky lui fit un sourire et s'éloigna du comptoir, remarquant que les yeux des hommes plus âgés étaient passés de leurs boissons à elle.

Il s'assura qu'ils avaient une bonne vue de ses fesses alors qu'il disparaissait dans un couloir qui menait aux bureaux à l'arrière.

Ricky Morris était le propriétaire de cinq boîtes de nuit dans la région du Maine.

Il avait gagné son argent grâce à des accords peu fiables dans les années 1990 et avait ouvert la chaîne de clubs pour hommes qui avait été un succès instantané auprès des garçons espiègles du Nord.

Il était également connu pour travailler avec des strip-teaseuses et des prostituées, leur fournir des clients et réduire leurs profits.

Becky l'a rencontré il y a deux ans lors du lancement de Meeting Place.

De toutes les jolies femmes et jolies filles qui étaient là ce soir-là, c'était elle qu'il s'était approchée.

Peut-être reconnaissait-il en elle quelque chose de lui-même, un trait masculin qui faisait appel à sa nature ambitieuse et entreprenante.

Une femme qui ne s'inclinerait pas ou ne se flatterait pas pour son argent et sa beauté.

Une femme qui jouerait dur pour obtenir ce qu'elle voulait.

Becky a frappé à sa porte, mais n'a pas attendu de réponse.

En entrant dans la pièce, il a vu un éclair de viande et a senti l'odeur incomparable du sexe.

Une femme dans la vingtaine était allongée sur le bureau, ses seins nus exposés à travers une robe qui était toujours enroulée autour de sa taille.

Ricky la baisait debout, un pantalon noir autour de ses chevilles, de la sueur brillant sur sa tête rasée.

Il tourna la tête à l'interruption.

"Merde." Il se détourna de la femme et Becky vit sa grosse bite, gonflée d'excitation, glissante avec le jus de la femme.

Quand il vit qui était entré dans la pièce, il soupira, se pencha et remonta son pantalon.

La femme à table se couvrit les seins, essayant de cacher son embarras par un rire sensuel.

Petite salope, pensa Becky en entrant sans honte dans le bureau.

Ricky fermait la ceinture de cuir autour de sa taille quand il secoua la tête pour que la fille parte.

Couvrant toujours ses seins, elle se glissa discrètement de la table, ramassa ses chaussures à talons hauts et sortit de la pièce sur la pointe des pieds.

Ricky fit le tour de son bureau, jetant un coup d'œil à Becky, le visage rouge.

Il sortit un mouchoir de la poche de sa chemise, essuya son front et fouilla dans un tiroir pour récupérer un étui à cigarettes en argent.

«A quoi dois-je le plaisir?» Dit-il en ouvrant la boîte et en sortant une cigarette colorée.

Il en a offert un à Becky.

Elle garda les yeux sur lui alors qu'il se dirigeait vers le bureau et prenait une des cigarettes.

C'était écarlate.

"Vérifier à nouveau la qualité de la marchandise?" Dit-il en plaçant la cigarette rouge entre ses lèvres.

Ricky plissa ses yeux bleus perçants en allumant sa cigarette, puis tint le briquet pour allumer Becky.

"Quel est votre but de m'interrompre, en venant ici sans avertissement?"

Becky a attiré un peu de la cigarette allumée.

Elle souffla la fumée qui rampait vers le plafond en un mince fil.

"Je vois que tu as été occupé ces derniers temps."

Elle regarda la table avec un sourire.

Les empreintes de sueur à l'endroit où se trouvaient les fesses de la femme étaient toujours présentes à la surface du verre.

Ricky s'assit lourdement.

Becky pouvait presque entendre son cœur battre, le sang circulant toujours autour de son corps à cause de l'interruption de la session sexuelle.

Il l'étudia avec curiosité.

"Tu as déjà fini?"

Becky secoua la tête.

"Et alors? Je remarque quelque chose de différent chez toi."

Becky jeta ses cheveux en arrière et regarda le grand bocal à poissons qui brillait derrière la tête de Ricky.

Gros poisson dans un tout petit étang, pensa-t-il ironiquement.

Il pouvait avoir de l'argent et du pouvoir sur les femmes, mais assis sur sa chaise sans aucune idée de ce qui allait se passer, il était aussi faible et pathétique que n'importe quel autre homme.

«Je suppose que ça doit être à cause de la météo du mois», dit-il sèchement.

Il retira le sac de son épaule et le plaça soigneusement sur la surface en verre de la table.

Ricky observa ses mouvements avec intérêt.

Il fit le tour du bureau et posa ses fesses sur son bord dur.

Ricky fit pivoter sa chaise, se pencha en arrière et l'étudia.

«Vous avez hâte d'y être,» dit-il prudemment.

"Quand suis-je pas?" Répondit-elle.

Ricky sourit.

Il adorait ça chez elle.

Cet appétit audacieux et volontaire pour le sexe.

Surtout d'une femme.

Cela l'a rendu dur en quelques secondes. Becky a attendu de voir sa bite se réveiller alors qu'elle bougeait son corps pour révéler ses seins.

"Vous êtes une pute", a déclaré Ricky. "Rien ne vous arrête, n'est-ce pas? Même pas des secondes insouciantes chez une petite salope.

"Elle n'était que l'apéritif. Je suis le plat principal. Le vrai sexe."

Becky remonta la robe sur sa cuisse et passa ses doigts entre ses jambes.

Elle avait enlevé sa culotte avant de quitter la maison, elle avait donc un accès facile aux lèvres nues entre ses jambes.

Il regarda Ricky et prit une autre bouffée sur sa cigarette.

Le renflement qui ne cessait de grossir dans son pantalon lui disait qu'il prévoyait d'être à l'intérieur d'elle en quelques secondes.

Sa chatte s'humidifia à cette pensée, intensifiée par le fait de savoir que cette fois la satisfaction serait plus douce que toute autre.

Elle posa ses mains sur la surface en verre, laissant des traces collantes de sa chatte musquée, et manœuvra pour se positionner directement devant Ricky.

Elle posa les deux talons sur les bras de la chaise, écartant ses jambes pour lui donner une vue complète de ce qu'il y avait entre ses jambes.

L'excitation passa dans les yeux de Ricky alors qu'il baissait les yeux et vit le bonbon caché sous la petite robe rouge.

"Qu'est-ce que je suis censé faire avec ça?" Dit-il sardoniquement, haussant les sourcils.

Avec ses coudes sur la table, Becky a quand même réussi à fumer en répondant avec un sourire sensuel.

Sans mots.

Ricky écrasa sa propre cigarette, l'écrasant sans vergogne sur le verre.

Elle respirait par les narines, peut-être pour avoir un goût parfumé de ce qui allait venir, trempant ses longs doigts devant ses belles lèvres.

"Je vais te manger jusqu'à ce que ta chatte goutte dans ma bouche."

Becky picota sur sa vulve en resserrant ses muscles.

Elle avait toujours aimé un garçon qui aimait manger de la chatte.

Ricky était heureux de saturer son visage de son jus, faisant des choses avec sa langue qui le renverraient ailleurs.

Ce serait la voie la plus humaine, pensa-t-il.

Peur euphorique.

Ses grandes mains touchaient ses genoux et écartaient encore plus ses jambes.

Becky le regarda avec une fascination sombre, évaluant l'excitation dans ses yeux d'acier.

Il se lécha les lèvres avec espièglerie.

Becky sourit sciemment.

Alors avant qu'elle ne puisse faire quoi que ce soit d'autre, sa tête était entre ses jambes et sa langue chaude et humide se frayait un chemin en elle.

La tête de Becky retomba alors qu'elle haletait de plaisir.

"Oh merde."

Ricky secoua la tête avec voracité, léchant sa viande collante.

Mangez, goûtez, respirez son parfum musqué.

«Délicieux», l'entendit Becky dire avec son accent profond du Vermont.

Il n'allait même pas à distance savourer quelque chose d'aussi délicieux que sa douce vengeance, pensa-t-il.

Ricky a ouvert son pantalon et a sorti sa bite, la branlant avec des mouvements rapides et durs de son poignet.

Becky se demanda brièvement s'il préférait sa chatte à celle qu'il avait baisé quelques minutes auparavant.

Puis elle a décidé qu'elle ne s'en souciait plus.

Tous les hommes étaient égaux.

Des idiots qui abusent des putes et sucent des chattes. Même s'ils avaient la capacité de vous envoyer dans des endroits dont vous ignoriez l'existence.

La langue de Ricky était divine!

Becky baissa les yeux et vit le cuir chevelu rond et brillant monter et descendre.

C'était son moment.

Prenant une profonde inspiration, elle s'arrêta un instant, puis rapprocha ses cuisses d'un mouvement rapide, refermant le cou de Ricky entre ses jambes.

Il s'étrangla et essaya de s'éloigner, mais en vain.

Becky fouilla dans le sac rouge et en sortit un couteau.

Elle attrapa la poignée à deux mains et la souleva au-dessus de la tête de Ricky.

Il a continué à babiller, saisissant ses cuisses pour les ouvrir.

Mais elle ne pouvait pas le faire.

Elle ne pouvait pas laisser tomber le couteau sur sa tête.

Maintenant que le moment était là, cela ne ressemblait plus à un fantasme.

C'était comme un cauchemar.

Elle n'était pas un assassin.

Elle ne pouvait pas devenir quelque chose qui ne l'était pas.

Ils l'avaient tuée à l'intérieur et elle les méprisait pour cela, mais tuer de sang-froid lui faisait autre chose.

Cela faisait d'elle moins qu'eux.

Becky relâcha la pression de ses cuisses sur la tête de Ricky.

Il sortit du piège, haletant et se frottant le cou.

"Folle de salope," hurla-t-il. "Que vous jouez?"

Becky avait déjà caché l'arme dans son sac avant que Ricky ne crache sa colère.

"Je pensais que tu aimerais essayer quelque chose d'un peu dur," haleta-t-elle, faisant de son mieux pour cacher la peur dans sa voix.

Ricky écarta les jambes et se leva.

"Je ne pouvais pas respirer!"

Becky tripota sa robe et descendit de la table en verre.

Alors qu'il se levait, il remarqua l'expression de doute dans les yeux de Ricky.

"Oh allez," dit-elle. "C'était plutôt amusant."

Il réussit à garder un sourire alors que son cœur battait frénétiquement dans sa poitrine.

Ricky ne dit rien, cherchant dans ses yeux une sorte de tromperie.

Il serait le seul à avoir du sang sur les mains s'il savait qu'elle avait prévu de le tuer.

Becky se dirigea vers lui et se pencha près de son visage.

Elle embrassa sa joue rougissante, laissant sa lèvre écarlate imprimée sur sa peau.

"J'en ai assez pour aujourd'hui. Je serai mieux", dit-elle.

Elle prit son sac sur la table et se dirigea vers la porte.

Elle pouvait sentir les yeux de Ricky rivés sur elle.

Pénétrant.

Accusatoire.

"Attends," dit-il.

Becky s'arrêta.

Son cœur se figea.

Lentement, il se retourna.

Le contour sombre de Ricky était bordé par la lueur brillante de l'eau de l'aquarium alors qu'il attendait qu'il parle.

«Vous voudrez votre argent», dit-il.

Becky fronça les sourcils.

"Quel argent?"

"Je paie toujours mes filles préférées."

Becky étudia ses yeux.

Que faisait-il?

"Vous ne l'avez jamais fait auparavant."

"Il est temps que je le fasse."

Il prit un chéquier sur le bureau.

Il sortit un stylo de la poche de sa chemise et y griffonna quelque chose.

Quand elle l'a tendu à Becky, elle a senti son cou lui démanger.

Ricky lui a donné le chèque.

Becky l'a pris et a regardé le montant.

Quarante mille dollars.

Elle pâlit et regarda Ricky avec incrédulité.

«Pour les services dus», dit-il.

Becky se retourna vers la forte silhouette.

Quarante mille dollars.

Il paierait son hypothèque.

Elle pourrait avoir une nouvelle voiture.

Flotter.

Acheter de nouveaux vêtements.

Chaussures de créateurs.

Ricky ne souriait pas en la regardant étudier le chèque.

Le regard qu'elle lui lança était inquiétant.

Becky regarda nerveusement ses yeux bleu acier.

Il savait qu'elle avait essayé de le tuer.

Il le payait.

Prends l'argent, laisse-moi tranquille, ne viens pas.

Elle ne voulait pas le décevoir.

Il parvint à sourire puis se tourna pour quitter la pièce, sa main tremblante tenant toujours sa nouvelle fortune.

FIN

61

MIEUX VAUT UN TRIO 1
ERIKA SANDERS

63

Tous les trois, recroquevillés sur le canapé, nous regardons un film ringard de HBO.

J'étais au milieu, appuyé contre mon petit ami, Peter, et son meilleur ami, Ricky, qui était appuyé contre l'autre côté du canapé.

Peter tourna la tête vers nous et fit un commentaire selon lequel cela ne le dérangerait pas de faire ce dont nous avions parlé plus tôt.

J'ai regardé la télévision et j'ai vu une femme s'en tirer avec deux hommes.

Ricky bougea un peu sur le canapé.

"Ouais, on dirait que ça pourrait être amusant." J'ai dit juste en regardant l'écran et j'ai ri.

La prochaine chose que je savais, Peter a commencé à passer ses mains le long de mes côtés et a atteint le bas de ma chemise, tirant dessus.

Ricky s'est rapproché un peu et a commencé à me frotter la jambe en me regardant dans les yeux.

J'ai senti tout mon corps sauter sans bouger.

Peter m'a assis et a enlevé ma chemise, mes seins reposant dans mon soutien-gorge en dentelle noire, mes tétons durs et poussant contre le tissu.

Puis elle pressa son corps contre le mien, enroulant ses bras autour de mon dos et avec un mouvement de poignet mes seins étaient lâches.

Peter a commencé à sucer mes seins pendant que Ricky glissait ses mains vers le bouton de mon short.

Je me suis senti mouillé quand Ricky a déboutonné mon short, l'a tiré vers mes hanches et mes jambes.

À sa grande surprise, elle ne portait pas de culotte.

Ricky lécha ses lèvres et rapprocha son visage de ma chatte humide.

J'ai haleté quand j'ai senti sa langue pénétrer mes lèvres et caresser mon clitoris, ce qui a obligé Peter à sucer mes tétons plus fort.

J'ai glissé ses mains sur son pantalon et j'ai commencé à travailler pour les enlever.

J'écarte encore plus mes jambes pour faciliter l'accès de Ricky.

Mon cœur a commencé à s'emballer alors que ce qui se passait a commencé à s'installer dans ma tête.

Alors que Ricky léchait avidement ma chatte humide et détrempée, il enleva son pantalon et se retira à contrecœur pour enlever la chemise au-dessus de sa tête.

Puis Ricky a commencé à tirer sur mes hanches, tirant mes fesses vers le bord du canapé, il s'est levé et j'ai vu sa bite dure et lancinante juste avant de la presser contre mes lèvres, frottant la longueur de mon clitoris gonflé.

Quand Peter se leva, il enleva sa chemise et la jeta de côté.

Puis il monta sur le canapé, sa bite à quelques centimètres de mon visage, une des siennes courant sur mes jambes.

J'ai gémi quand Ricky a enfoncé sa bite dans ma chatte, me remplissant complètement.

J'ai instinctivement serré fort autour de son membre.

Je sortis ma langue et caressai le bout de la grosse bite de Peter avec, pencha la tête en avant et enroulai mes lèvres autour de la tête enflée.

Peter appuya une main contre le mur et passa les doigts de l'autre dans mes cheveux, guidant doucement ma tête pendant que je suçais sa bite.

Ricky fit courir ses mains de haut en bas sur mes côtés et attrapa mes hanches, me tenant immobile pendant qu'il me baisait.

Mes gémissements se perdaient dans les siens.

J'ai commencé à balancer mes hanches contre celles de Ricky, enfonçant sa bite palpitante plus profondément dans ma chatte serrée et humide.

J'ai commencé à tracer l'intérieur de la cuisse de Peter, j'ai porté ma main sur ses couilles remplies de sperme, et j'ai commencé à les masser doucement, les laissant rouler dans ma petite main.

Je gémis à nouveau, ma bouche complètement remplie de la bite de Peter.

Je pouvais sentir la tête de son sexe toucher le fond de ma gorge, le goût du liquide pré-séminal sur ma langue.

Peter se pencha en arrière, sa bite palpitant toujours à cause de ma forte succion, il descendit du canapé, prenant ma main dans la sienne.

Je me suis assis et Ricky a sorti sa bite de ma chatte excitée.

Peter m'a conduit dans la chambre, s'est assis sur le lit, a attrapé mes hanches minces et m'a fait tourner.

Ricky se tenait devant moi, caressant sa bite dure pendant que Peter me séparait les fesses.

Ricky a ensuite attrapé mes hanches et m'a aidé à m'équilibrer en aidant à placer la bite de Peter devant mon petit trou serré.

Mes genoux se pressèrent contre mes seins quand je sentis la bite humide de Peter se presser contre mon cul serré.

Je gémis alors que sa bite pénétrait lentement mon cul.

Ricky a poussé le haut de mon corps en arrière et a glissé sa bite dans ma chatte.

Penché en arrière, mes bras me soutenant, mon cul et ma chatte pleine de bite, je gémis à haute voix et mordis ma lèvre inférieure.

La douleur et le plaisir de la double pénétration étaient presque trop difficiles à gérer.

Peter a glissé sa bite de six pouces profondément dans mon cul, le remplissant complètement, puis il a commencé à bouger ses hanches.

Ses mains autour de ma poitrine massent mes seins.

Ricky a pompé furieusement dans ma chatte chaude et humide.

Sa respiration est devenue difficile et ses mains sur mes hanches me maintenaient en place.

Je serrai fort autour de ses deux bites, sentant mon propre orgasme commencer à grandir.

La bite de Peter a gonflé à l'intérieur de mes fesses quand j'ai serré et il a commencé à me baiser plus vite, gémissant comme il le faisait.

Ricky ferma les yeux et commença à sentir cette chaleur familière sur sa bite alors qu'il la pompait constamment dans ma chatte.

Je gémissais à presque chaque respiration, voulant les sentir exploser en moi.

J'ai serré plus fort.

Le corps de Peter a commencé à trembler sous moi alors que sa bite explosait en remplissant mon cul de son sperme épais.

Ses gémissements se mêlèrent à ceux de Ricky et aux miens.

Il enroula étroitement ses bras autour de ma poitrine alors que son orgasme atteignait son apogée, faisant jaillir sa bite dans et hors de mon cul serré.

Quand Peter est venu sur mes fesses, j'ai senti mon propre orgasme commencer à tendre mon corps et ma chatte s'est resserrée autour de la bite remplie de sperme de Ricky.

J'ai commencé à bouger mes hanches au rythme des mouvements de Ricky, voulant courir autour de sa queue.

J'ai jeté ma tête en arrière et je gémissais si fort que j'ai presque crié quand j'ai joui, avec une bite dans chaque trou.

Ricky ne pouvait plus se contenir, il lâcha la sienne et remplit ma chatte de giclées de son sperme.

Nous tremblons tous les deux, nos coups ralentissent et nos gémissements s'adoucissent, diminuant nos orgasmes.

Ricky se pencha en avant, m'embrassa doucement et sourit en sortant sa bite de ma chatte et en m'aidant à sortir du lit.

Peter se leva rapidement, se tint derrière moi, enroula ses bras autour de ma taille et m'embrassa sur la joue.

Il a dit en riant:

"Oui, c'était amusant, en fait ..."

FIN